쓰는 기쁨

니체 시 필사집

그냥 떠 있는 것 같아도
비상하고 있다네

쓰는 기쁨

니체
시 필사집

그냥 떠 있는 것 같아도
비상하고 있다네

프리드리히 니체 • 유영미 옮김

🌱 나무생각

삶을 놀이로서 즐긴 철학자 시인
─긍정하라, 웃어라, 노래하라, 춤추라
.

니체는 살아 있음을 긍정하는 철학자다. 그는 누구보다 생의 즐거움과 행복을 사랑하고, 생명을 쇠락으로 이끄는 것들을 거부한다. 그리고 삶을 무한 긍정한다: "매사에서, 큰일에서나 작은 일에서나, 언젠가 때가 되면 나는 단지 긍정하는 자가 되고자 한다." 그리고 아모르 파티(Amor fati): "이것이 삶이더냐? 좋다. 그렇다면 다시 한번!"을 외치면서 생을 품는다.

신의 돌연한 죽음으로 유럽의 가치 체계가 무너지는 것을 보고 최초로 "신은 죽었다!"라고 선언한 철학자! 니체는 유럽 문명에 곧 황혼이 드리울 것을 알아차렸다. 이 황혼이야말로 유럽 문명을 덮을 긴 밤, 긴 어둠을 예고한다.

삶이 뒤집히고 유례없는 허무주의의 그림자가 유럽을 뒤덮을 걸 앞서 내다본 니체는 자신도 그 그림자를 밟고 서 있을 운명이라는 걸 알았다. 그는 신이 죽었다는 소문이 퍼졌을 때 아침놀이 밝아오는 예감을 느끼고 받아들인다. 허무주의가 빗장을 열고 들어와 세상을 덮치자, 예언자 니체는 허무주의의 그림자, 어둠이 잉태한 여명을 기다린다.

오 사람아,
귀 기울여 들어보아라
깊은 밤이 뭐라고 말하는가
나는 잠들었다가
깊은 꿈에서 깨어났다
세상은 깊다
낮이 생각했던 것보다 더 깊다
세상의 고통은 깊다
쾌락은 마음의 근심보다 더 깊다
고통이 말한다
꺼져버려!

_〈취가〉 중에서

니체는 사람들에게 권유한다. 오 사람아, 귀 기울여 들어보아라. 깊은 밤은 뭐라고 말하는가? 세상은 깊다. 그렇다면 세상의 고통도 깊을 것이다. 니체는 그것이 우리 실존의 조건임을 알았지만 그것에 체념하고 순순히 그 고통의 아 가리 속으로 걸어 들어가는 것은 어리석은 짓이라고 말한 다. 니체는 어떤 경우에도 시에서 우리를 가르치려고 들지 않는다. 다만 우리 스스로 공감하고 깨닫기를 갈망한다.

니체는 철학자로 유명하지만 사실 그 어떤 유명한 시인 보다 더 삶의 심연을 꿰뚫어 본 시인이다. 그에게 시와 철학 은 한 나무에서 뻗어 나온 두 가지였다. 니체는 삶을 꿰뚫고 비극적 조건을 끈질기게 응시한 뒤 몇 개의 지혜를 거둔다. 그리하여 삶과 죽음, 절망을 견디는 강인함, 행복과 불행, 고독 속에서 빚는 자유, 놀이로서의 삶, 선악의 피안을 두루 사유하고, 수직적 높이의 숭고함을 찬양한다.

그의 시에서 나는 너무나 많은 인생을 배웠다. 내가 니체 에게서 늘 감탄한 것은 그가 마치 한 생이 아니라 여러 겹 의 생을 살아낸 사람 같다고 느낀 탓이다. 그는 고독 속에 칩거하며 인생을 궁구하고, 생의 환희를 찾아내서 기쁜 목 소리로 노래한다. 니체의 시구들은 촌철살인의 진리를 담아 낸다. "춤추는 별을 탄생시키기 위해 사람은 자신 안에/ 혼 돈을 품고 있어야 한다."(〈춤추는 별을 탄생시키기 위해〉), "자,

무수한 등을 타고 춤추어라/ 파도의 등을 타고, 파도의 심술을 견디며 춤추어라"(〈북서풍에게〉), "강인함을 잃지 마라, 내 용감한 심장이여!/ 이유는 묻지 마라!"(〈해가 저문다〉), "가라, 꺼져버려라/ 너희 침울한 눈빛의 진리여/ 나는 덜 여물어 떫고 성급한 진리가/ 내 산마루에 머무는 걸 보고 싶지 않다!"(〈가장 부유한 자의 가난에 대하여〉) 같은 구절을 읽을 때, 나는 전율을 느낀다.

니체는 높은 산꼭대기를 사랑한 철학자, 삶을 놀이로서 즐긴 시인, 하늘과 벼락을 사모한 철학자다. 니체가 사랑하고 좋아한 것은 "숲과 바다의 동물들처럼/ 한참 동안 넋을 잃고 한눈을 파는 것/ 사랑스런 혼란 속에 쪼그려 앉아 사색에 잠기는 것/ 그리고 마침내 집으로 돌아가고 싶어지는 것/ 나 자신에게로 이르는 것"(〈고독한 자〉)이다.

니체는 자신만의 낙원을 창조한다. 그 낙원에 초대할 친구들로 사자처럼 용맹한 자, 벼락같이 떨어지는 진리를 사모하는 자, 삶을 긍정하고 기쁨을 찾는 자, 춤추는 자, 웃음의 면류관을 쓰고 있는 자들이라고 말한다.

니체는 자기가 창조한 낙원에 결코 들이고 싶지 않은 자들을 이렇게 말한다. "바람과 더불어 춤출 수 없는 자들/ 붕대를 감아야 하는 약한 자들/ 묶인 자들과 늙어 몸이 불편한 자들/ 위선에 찬 무리들/ 명예만 따지는 얼간이들/ 시시콜콜 도덕을 따지는 인간들/ 우리의 낙원에서 물러가라!"(〈북서풍에게〉)

니체의 낙원에서 추방되는 자들은 늘 굴욕을 감수하고 타자의 도덕을 따르는 자들, 낙타같이 타자의 명령에 말없이 순응하는 자들이다. 그들의 피는 패배주의와 체념에 물들고 그들 존재는 무력감 속에서 저 나락으로 추락한다. 그들은 애초 삶을 즐기고 누릴 자격도 능력도 없는 자들인 것이다.

여기에 앉아 나는 기다리고 또 기다린다
그 무엇도 아닌 것을!
선악의 피안(彼岸)에서
빛을 즐기기도 하고 그늘을 즐기기도 하니
모든 것이 그저 놀이일 뿐이다
온전한 호수, 온전한 낮,
목적이 없는 온전한 시간

나의 친구여,
그때 갑자기 하나가 둘이 되었다

그리고 차라투스트라가 내 곁을 지나갔다

_〈실스마리아〉 중에서

　니체의 시를 읽는다는 건 "선악의 피안"에 머물며 "빛을 즐기기도 하고 그늘을 즐기기도" 하는 것이다. 우리의 삶은 고통스런 노역이 아니라 "모든 것이 그저 놀이일 뿐"이다. 니체의 통찰은 초긍정에서 찬란하게 빛난다. 그 자유, 그 행복, 그 즐거움을 누리지 못하도록 우리를 가두는 침울한 진리 따위는 내다 버리자!

　니체의 시는 무력하고 우울할 때, 더 이상 꿈의 추구가 불가능해 보일 때, 자신이 벌레처럼 누추하다고 느껴질 때 읽을 만하다. 니체의 시가 우리 몸과 마음을 꼼꼼하게 진찰하고 써준 명의의 처방전이 될 수도 있을 테다.

　신은 죽었지만, 삶은 되돌아온다. 우리가 숨 쉬며 살아 있는 그 찰나가 곧 영원이다. 시간은 시작도 끝도 없이 원환(圓環)을 돈다. 현재는 순간이 아니라 영원을 머금고 있다. 삶은 영원히 반복되는 그 무엇이다. 만물이 영원회귀의 운동 속에 있을 때 우리도 영원이라는 궤도를 돌고 있는 것이다.

"모든 순간은 바로 앞서 지나간 순간을 삼켜버리며, 모든 탄생은 헤아릴 수 없는 존재들의 죽음이다."

니체는 생명이 앞선 존재들의 죽음을 통해서 가능하다는 사실을 깨우친 예언자 시인이다. 신의 죽음과 모든 가치의 전도를 시도한, 망치를 들고 무수한 우상들을 깨며 '영원회귀의 철학'을 펼친 이 놀라운 철학자이자 시인의 시를 읽으며, 그가 창조한 생명 긍정의 아름다운 낙원으로 들어가 별의 순간을 잡아보는 것은 어떨까?

장석주(시인, 문학평론가)

세상에서 가장 사랑받는 철학자 니체
그리고 그가 남긴 노래

니체가 어린 시절을 보낸 나움부르크의 니체하우스에 들렀다 사 온 얄팍한 니체 평전은, 니체를 유럽 정신사에서 가장 선동적이고 도발적인 인간이라 일컫는다. 그 어떤 사상가보다 급진적이면서 인간의 심연을 꿰뚫는 니체의 사유는 그의 삶과 깊이 연결되어 있었다.

1874년에 니체는 이렇게 자문했다. "걸출한 철학자가 탄생하려면 어떤 것들이 도움이 될까?" 이에 대한 니체의 답은 다음과 같았다. "여행할 것, 국적에서 자유로울 것, 철학 교수들을 도움으로 삼지 않을 것." 그로부터 5년 뒤인 1879년 니체는 교수직을 내던지고 어디에도 얽매이지 않는 자유를 선택했으며, 이후 10년간 노마드로 지냈다. 그의 여행은 진리와 영속적인 가치를 향한 부단한 탐구의 여정이었으며, 이런 노마드적 삶 가운데 그의 저작들이 탄생했다.

니체와의 만남은 다른 철학자들과의 만남과는 사뭇 다르다. 망치를 든 철학자라는 별명답게, 그의 글 하나하나가 우리의 가슴을 쿵쿵 울려대고 나태한 정신을 흔들어 깨운다. 영원한 젊음과 용기로 무장한 정신이 새로운 삶, 새로운 유희로 주저 없이 나아가게 한다. 사유의 가장 깊은 어둠 속에서 타오르는 불꽃, 그것이 바로 니체다.

　세상과 타협하기보다 끊임없이 질문하고 도전하는 니체는 시(詩)에서도 그 모습이 빛난다. 알프스의 산속에서, 이탈리아의 햇살 아래서 빚어낸 그의 사색은 시의 형태로도 고스란히 전달된다. 사유의 깊이가 워낙 심오하다 보니 다소 어려운 시도 있고 단번에 눈과 마음을 사로잡는 시도 있다. 초기 시들은 약간 서정적이다. 냉소적인 시도 있고, 인간에 대한 깊은 이해와 삶에 대한 애정이 엿보이는 시도 있다. 삶과 사상이 깊이 연결되어 있던 철학자니만큼 니체의 삶과 철학을 알면 니체의 시도 자연스럽게 이해될 것이다.

　하지만 배경지식이 없더라도 크게 걱정하지 말기로 하자. 니체를 좋아해서 젊은 시절 비 내리는 일요일이면 니체를 열 시간씩 탐독하곤 했던 헤르만 헤세는 이런 말을 남겼다.

　"음악은 다만 우리의 영혼만을 요구한다."

　시 또한 음악과 가까운 장르이니, 일단은 헤세가 그랬듯 우리의 영혼만 가지고 니체를 읽어도 충분하리라. 우리 한 사람 한 사람 삶의 자리가 다르니만큼, 니체 시를 통해 받아들이는 메시지들도 저마다 다를 것이다. 아무쪼록 삶을 변화시키는 한 구절, 용기와 힘을 주는 한 구절을 만날 수 있기를 바란다. 그리하여 삶을 뜨겁게 사랑하라고 말한 니체의 노래를 같이 부를 수 있기를 바란다.

마지막으로, 이 책에 실린 시들이 니체의 세계로 가는 징검다리가 되길 바란다. 니체를 조금이라도 더 알기를 바라며 니체의 사상을 엿볼 수 있는 산문을 발췌하여 각 장 말미에 덧붙여 두었다.

일생 동안 150곳이 넘는 도시들을 거치며 노마드로 살아낸 이의 노래가 우리 앞에 놓여 있다. 우리에게 내재된 모든 편견을 걷고 그 자유로운 영혼이 우리에게 들려주는 노래를 한 마디 한 마디 필사하며 음미하기로 하자.

유영미

| 차례 |

1부 　고통을 껴안고 춤추는 밤

2부 자신을 넘어서려 할 때,
그것을 살아 있다고 한다

3부 밤은 깊고, 나는 자유롭다

4부 누구에게나 별의 순간은 온다

1부

고통을 껴안고 춤추는 밤

나의 행복

찾아다니는 데
신물이 나서
발견하는 법을 배웠네

하나의 바람이 나를 거부한 뒤로
닥치는 대로 모든 바람을 붙잡고
항해할 줄 알게 되었네

고독한 자

남을 따르는 것도
남을 이끄는 것도 싫다
복종하라고? 싫다!
게다가 지배하라니, 당치 않은 소리!
스스로 공포스러운 존재가 되지 않으면
어찌 남을 겁먹게 할 수 있을까
겁을 줄 수 있는 사람만이
남을 이끌 수도 있으나
스스로를 이끌어가는 것조차
나는 거부감이 든다
내가 좋아하는 건
숲과 바다의 동물들처럼
한참 동안 헤매며 한눈을 파는 것
사랑스런 혼란 속에 쪼그려 앉아 사색에 잠기는 것
그리고 마침내 집으로 돌아가고 싶어지는 것
나 자신에게로 이르는 것

첫 번째 이별

차디찬 하늘에서 별들은
슬프게 길을 가고
스산한 바람은
나더러 어찌 이리 조용하냐 묻는다

창으로 밀려 들어오는
만월의 빛,
오, 사랑스런 달빛이여
내 마음을, 이 고통을 달래주렴

웃어야 할까, 농담을 해야 할까,
아니면 울어야 할까
모르겠구나
내 두 눈은 고통과
쓰디쓴 조소로 가득하다

두 손은 떨려 이리저리 미끄러지고
생각은 바다처럼 끝없이
퍼져 나간다

Nietzsche

얼마 전 한밤중에 들려온 종소리
지금도 내게 말해주네
사람들이 무덤 하나를 만들었음을!

한 해는 무덤에 들고
새로운 해가 목전에 있다
내 마음 역시 무덤에 들었고
아무도 내 안부를 묻지 않는다

두 번째 이별

태양은 눈 덮인 들판을 비추고
내 눈에는 눈물이 그렁그렁하다
끝나버렸구나!

남쪽에서 한 줄기 미풍이 불어오고
숲과 덤불에는 잎사귀도 꽃도 없다
끝나버렸구나!

아침에 피어난 꽃봉오리 하나가
낮에는 눈물을 흘리고 밤에는 죽음을 맞는다
끝나버렸구나!

오 태양아, 오 남풍아
너희는 왜 불쌍한 그 아이를 속였니?
끝나버렸구나!

전나무는 말없이 고개를 흔들고
내 마음은 눈으로 뒤덮였으니
끝나버렸구나!

전나무가 장송곡을 부르니
태양은 스러지고 바람은 달아난다
끝나버렸구나!

겁먹지 말고

네가 서 있는 곳을
깊이 파고들어가라
그 밑에 샘이 있다!

낯빛 어두운 남자들은
그냥 내버려둬라
"저 아래엔 지옥이 있다"고
외치더라도!

Nietzsche

Hochverehrter Freund!

rlaubtesten Germanismen zu entwen

회상

입술이 실룩이고
두 눈도 웃음을 짓는구나
하지만 나무라듯
떠오르는 한 장면 있으니,
그 장면이 내 하늘문 언저리에서
밝은 별이 되어
의기양양하게 빛나는구나

그러자 입술이 굳게 다물어지고
눈물이 흘러내린다

이리저리로

이리저리로
번뜩이는 시선들이 날아가네

음울하게, 더 음울하게
내 하늘은 우수에 젖어 낮게 드리운다

차라리, 아, 차라리
떨리는 이 심장이 터져버렸으면!

이리저리로
번개가 번뜩이는데
입은 침묵을 지킨다

구름을 모으는 자,
오, 인간의 마음을 아는 자여
우리를 더욱 성숙하게 하라

별의 도덕

별이여,
궤도를 따라 움직이도록 미리 정해져 있는데
어둠이 그대에게 무슨 상관이런가

그저 행복하게 이 시대를 통과해 회전하라
시대의 비참함은 그대에겐 낯설고 먼 것이니

그대의 빛은 너무나 먼 세계에 속한 것
연민마저 너 자신에게는 죄가 되리라

네게 부과된 계명은 단 한 가지,
맑고 순수하여라!

Nietzsche

. . . .

. . . .

. . . .

. . . .

. . . .

. . . .

. . . .

. . . .

. . . .

. . . .

. . . .

. . . .

. . . .

. . . .

Sossent, Villa Rubinacci
eventuell Kommen Sie

에케 호모*

그렇다!
나는 내가 어디서 왔는지를 알고 있다
나는 불꽃처럼 만족을 모르고
자신을 달구고 불사른다
내가 붙잡는 것은 모두 빛이 되고
내가 놓아버리는 것은 모두 재가 된다
나는 정녕 불꽃이다

• Ecce homo(보라, 이 사람이로다): 수난의 예수를 가리키는 말

초심자를 위한 위로

돼지처럼 꿀꿀대기만 할 뿐
발가락을 잔뜩 오므린 채
대책 없이 우는 아기를 보라
아기는 우는 것 말고 아무것도 할 수 없다
어느 때나 제힘으로 일어서서
걸음마를 할 수 있을까
주눅 들지 마라!
곧 아이가 춤추는 걸 볼 수 있을 테니
아이는 우선 두 다리로 일어서고
나중에는 물구나무서기도 하게 되리라

소망

나는 여러 사람의 생각을 알고 있으나
나 자신이 누구인지는 모른다
나의 눈은 내게 너무 가깝기에
내가 보는 것과 본 것은 내가 아니다
나에게서 좀 더 멀어질 수 있다면
그것만으로도 내게 유익이 될 텐데!
적과 같이 멀리 떨어지지는 못하더라도,
내 가까운 친구도 이미 멀리 앉아 있으니
친구와 나 사이, 그 중간쯤이면 좋으리라
그대들은 내가 무엇을 바라는지
알 수 있으리라

귀향

노곤한 방랑자처럼 나는 돌아왔네
나지막이 저녁을 노래하는 고향의 품으로

마음아, 넌 쉼 없이 흔들리는 나뭇잎
이제 저 아래로 가라앉아 안식처를 붙잡아라

손아, 넌 야생의 덩굴손
평화와 안식이 깃든 신성한 고향을 휘감아라

눈아, 넌 신비롭고 수수께끼 같은 아이
마법이 이곳의 모든 것을
두르고 있는 모습을 보아라

마음과 손과 눈은 안식하리라
진한 전나무 향기 속에서
금빛 베일 같은 저녁놀을 두르고

길 잃은 어린아이처럼 나는 돌아왔네
따사로운 고향은 내 마지막 쉴 곳
안식처가 되리라

Nietzsche

삶의 원칙

인생을 즐기려면
인생보다 높은 곳에 서야 하리라
그러므로 그대를 들어 올리기를 배워라
아래를 내려다보기를 배워라

가장 고귀한 본능을 소중히 여겨라
1킬로그램의 사랑에
1그램의 자기 경멸을 더하라

평지에 머물지 마라
너무 높이 올라가지도 마라
세상은 반쯤 올라갔을 때
가장 아름답게 보인다

Hochverehrter Freund!

rlaubtesten Germanismen zu entwen

우정에 바친다

우정이여, 영원하라!
내 드높은 희망의
첫 서광이여!
아아, 내 길은, 내 밤은
얼마나 끝이 없어 보였던가
갈피를 잡지 못하는 그 모든 삶은
얼마나 서러웠던가
나는 다시 한번 살리라
이제 그대의 눈에서
아침의 찬란한 빛과 승리를 보리라
그대 가장 사랑스런 나의 여신이여!

이상에게

사랑하는 그림자여
내가 누구를 그대만큼 사랑하리
나는 그대를 내 쪽으로 끌어당겨
내 속으로 들여보냈노라
그 뒤 나는 그림자가 되고
그대가 내 몸이 되었지
다만 내 눈은 바깥 사물을 보는 것에
너무나 익숙해
좀처럼 바뀌지를 않으니
그대는 여전히 영원한 '내 밖의 존재'
아, 이놈의 눈이 나를
내 밖으로 끌어내는구나!

Nietzsche

Sorrent, Villa Rubinacci
eventuell Kommen Sie

방랑자

방랑자가 밤을 뚫고
성큼성큼 걸어간다
굽은 골짜기와 높은 비탈길,
어두운 밤을 친구 삼아 걸어간다
밤이 아름다우니
방랑자는 멈춰 서지 않는구나
어디로 가는 길인지도 모른 채

밤을 헤치고 산새가 지저귄다
"아아 새야 대체 무슨 짓이냐?
어찌하여 내 마음과 발걸음을 붙잡느냐
어찌하여 내 귀에 달콤한 마음의 탄식을
들리게 하여 가던 길 멈추고
귀 기울이게 하느냐
어찌하여 네 노래로 나를 유혹하느냐?"

선량한 산새가 노래를 멈추고 말하네
"방랑자여, 그게 아니에요!
내 노래는 당신을 유혹하는 게 아니에요
나는 이 비탈에서 암컷을 유혹하고 있어요

그게 당신과 무슨 상관인가요?
홀로 보내는 밤은 내겐 마땅치 않아요
그게 당신과 무슨 상관인가요?
당신은 가야 하는 사람
결코, 결코 멈추어서는 안 될 사람
왜 그러고 서 있나요?
그대, 방랑자여
나의 노래에 매혹되었나요?”

선량한 산새는 노래를 멈추고 생각했네
“내 노래에 붙잡혔을까?
왜 그는 여전히 서 있을까?
가여운, 가여운 방랑자로구나!”

사랑 고백

계속 날고 있다고?
오, 놀라워라
날갯짓 없이 고공비행을 하다니!
무엇이 그를 들어 올려주는 걸까
무엇이 그를 떠받쳐 주는 걸까
무엇이 그의 목표일까
무엇이 그를 끌어주고
무엇이 그에게 고삐를 걸까

별과 영원처럼
그는 삶을 초월한 높은 곳에 산다네
질투마저 동정하는 그는,
그냥 떠 있는 것 같아도 비상하고 있다네

오, 알바트로스여!
영원한 충동이 나를 높은 곳으로 내모는구나
그대를 생각하니
눈물이 끝없이 흘러내린다
그렇다! 나는 너를 사랑하노라!

Nietzsche

Sorrent, Villa
eventuell Kommen Sie
zy finden

시기심 없이

그렇다,
그의 눈빛에는
어떤 시기심도 없다
그래서 그대들은 그를 존경하는가?
그러나 그는 그대들의 영광을 구하고자
주위를 둘러보는 것이 아니다
그는 독수리의 눈으로
머나먼 곳을 바라본다
그대들을 보고 있지 않다
그가 바라보는 것은 다만 별,
별들일 뿐이다

헤라클레이토스 주의[•]

친구들아,
이 세상의 모든 행복은
투쟁에서 비롯되니
그러므로 친구가 되기 위해서는
화약 연기가 필요하리라

친구들은 곧 삼위일체이니
역경 앞에서는 형제,
원수 앞에서는 동지,
죽음 앞에서는 자유로운 자다!

• 헤라클레이토스는 '만물의 아버지는 전쟁'이라고 한 철학자다.
  니체가 공격하지 않은 유일한 철학자다.

법칙에 저항하며

오늘부로
털로 짠 끈에 시계를 매달아
목에 걸었다
때를 알리는 시계가
내 목에 대롱대롱 매달려 있다
오늘부로 별들은 운행을 중단한다
태양도, 닭의 울음소리도, 그림자도 멈춘다
이제껏 내게 시간을 알려주던 것들이
이젠 벙어리, 귀머거리, 장님이 된다
법칙과 시계의 똑딱임이 들리자
자연은 내게 아무 말도 하지 않는다

Nietzsche

Hochverehrter Freund!

rlaubtesten Germanismen zu entwen

방랑, 오 방랑이여

방랑, 오 방랑이여
나 자유로이 너른 세상을 누비네
모자와 옷에 초록 리본을 달고서

작은 종을 흔들면
달콤하고 부드러운 울림이 들리고
곱슬머리는 바람결에 나부끼네

숲노루들의 부드러운 눈길에 아려오는 마음
그러나 그때뿐, 곧 잊어버리지
덤불 속에 핀 들장미가 향기 풍기면
나 들장미에 입 맞추며 잠시 눈물짓네

스치는 바람처럼
꿈이 내 마음을 즐거이 누비면
보리수꽃, 나무에서 떨어지네

방랑, 오 방랑이여
나 자유로이 너른 세상을 누비네
모자와 옷에 초록 리본을 달고서

Nietzsche

노래 1

내 마음은 호수처럼 넓고
그대 얼굴은 그 속에서
햇빛처럼 밝은 미소를 짓네
물결이 잔잔히 부딪히는 곳
깊고 달콤한 고독 속에서!

밤인지 낮인지 나 알지 못해도
해처럼 환한 그대 얼굴은
나를 향해
부드럽고 사랑스럽게 웃음 짓고
나는 아이처럼 행복하여라

노래 2

한밤중 내 방 창을
가만히 두드리는 건
바람이지
내 방에서 고요히 듣는 건
지나가는 빗소리

바람처럼 내 마음을 스쳐가는 건
행복한 내 꿈
지나가는 비처럼
내 마음을 촉촉이 어루만지는 건
그대의 부드러운 눈빛

어부 아가씨의 노래

아침에 가만히 꿈꾸며
떠가는 구름을 바라보아요
새날이 나무 틈새에서 가냘프게
떨고 있어요
물안개 피어올라 물결처럼 일렁이고
그 위로 아침노을이 드리우지요
이 세상 그 누구도
나의 슬픔을 알지는 못해요

호수엔 고요하고 서늘하게
쉼 없는 파문이 일고
내 마음도 떨려와 눈을 꼭 감아요
보고 싶지 않은 물안개가 앞을 가리고
그 위로 아침노을이 드리우지요
이 세상 그 누구도
나의 슬픔을 알지는 못해요

철새들은 즐거이 비상하며
사랑스럽게 노래해요
내 마음 원하는 곳으로

Nietzsche

홀쩍 달아날 수 있다면 얼마나 좋을까요
물안개 피어올라 물결처럼 일렁이고
그 위로 아침노을이 드리우지요
이 세상 그 누구도
나의 슬픔을 느끼지 못해요

사방을 둘러보며 눈물지어요
다른 배는 한 척도 보이지 않으니
슬프고 외로워요
고통으로 내 마음 터질 듯해요
물안개 피어올라 물결처럼 일렁이고
그 위로 아침노을이 드리우지요
오직 그분만이 아시겠지요
내가 왜 이토록 슬픈지를!

Sorrent, Villa Prubmacci
eventuell Kommen Sie

절망

멀리서 종소리 울리고
밤은 이리도 먹먹하게 오는구나
아아, 나는 어찌해야 할까
기쁨은 멎고 마음은 천근만근이다

세월은 유령처럼 소리 없이 달아나고
멀리서 세상의 소란과 소음이 들려온다
아아, 나는 어찌해야 할까
기쁨은 멎고 마음은 천근만근이다

밤은 이리도 먹먹하고
저 창백하고 죽은 달빛은 스산하여라
아아, 나는 어찌해야 할까
폭풍은 노호하나 그 소리 내겐 들리지 않는다

휴식도 안식도 없어라
묵묵히 해변을 방황할 뿐
물결 쪽으로, 무덤 쪽으로 헤맬 뿐
기쁨은 멎고 마음은 천근만근이다

가을 안개

사방을 두른 가을 안개,
뿌연 안개 속에 몸을 감춘 채
산의 유령이 지나간다
붉은 눈의 태양은 고개를 떨군 채
거친 파도의 무덤으로
침울하게 내려앉는다

사방을 두른 가을 안개,
삶에 곤한 나무 잎사귀가
습한 밤안개 속에서 파르르 떤다
새들은 대기를 가른다
여름엔 즐겁게, 가을엔 서글프게

사방을 두른 가을 안개,
올빼미 울자,
전나무가 불안스레 살랑이며
몸을 숙여 인사한다
한밤중의 뿌연 안개가 어른거린다
창백하게 무덤 주위를 휘두른다

Nietzsche

다시 고향으로

이별하던 날은 가슴이 에이었건만
다시 돌아오니 내 마음 더 불안하여라
방랑길에서 품었던 희망도 단숨에 사라지니
오 불행한 시간이여
오 괴로운 날이여

아버지의 무덤 앞에서 한참을 울었다
쓰라린 눈물을 무덤에 뿌렸다
그리운 고향 집에서
이리도 황량하고 슬프다니!
그렇게 나는 자꾸
어두운 숲으로 향했다

어둑한 숲에서 모든 시름을 잊었다
고요한 꿈속에서
내 마음에 평화가 찾아왔다
떡갈나무 그늘에 앉아 깜박깜박 졸다 보면
청춘의 꽃 같은 기쁨이
장미와 종달새의 지저귐이
되살아 찾아온다

가만히 앉아 있지 마라

가만히 앉아 있지 마라.
야외에서 자유롭게 움직이는 가운데
생겨나지 않는 생각들,
근육이 축제를 벌이지 않는 생각들은 도무지 믿지 마라.
모든 편견은 내장에서 나온다.
전에도 말했지만,
엉덩이를 붙이고 끈덕지게 앉아 있는 건
신성한 정신을 거스르는 죄다.

- 〈내가 영리한 이유〉 중에서

양심의 가책

사람들이 모인 자리에 다녀온 뒤 이상하게도
마음이 찜찜하거나 양심의 가책을 느낀 적이 있는가?
대체 왜 그런 마음이 드는 걸까?
속으로 중요하게 생각하는 일인데도 사람들 앞이니
그 일이 별일 아니라는 듯이 행동했기 때문일까?
아니면 사람들 앞에서 속마음을 있는 그대로
이야기하지 못했거나,
말해야 할 때 하지 못하고 꾹 참았기 때문일 수도 있다.
혹은 집에 가고 싶어서 엉덩이가 들썩들썩하는데도
기회를 틈타 자리를 박차고 나오지 못해서일 수도 있다.
한마디로 말해,
모임을 다녀온 뒤 우리 마음이 영 좋지 않은 것은
우리가 마치 그 모임에 속한 사람인 척 굴었기 때문이리라.

- 《인간적인 너무나 인간적인》 중에서

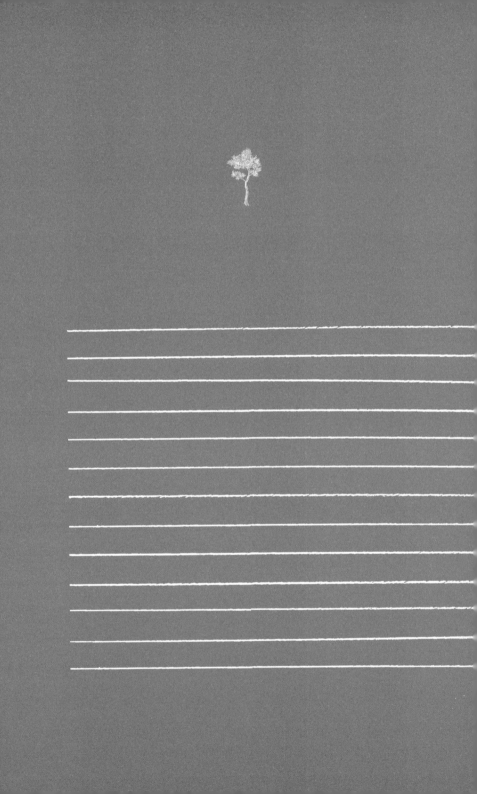

2부

자신을 넘어서려 할 때,

그것을 살아 있다고 한다

실스마리아

여기에 앉아 나는 기다리고 또 기다린다
그 무엇도 아닌 것을!
선악의 피안(彼岸)에서
빛을 즐기기도 하고 그늘을 즐기기도 하니
모든 것이 그저 놀이일 뿐이다
온전한 호수, 온전한 낮,
목적이 없는 온전한 시간

나의 친구여,
그때 갑자기 하나가 둘이 되었다
그리고 차라투스트라가 내 곁을 지나갔다

취가

오 사람아,
귀 기울여 들어보아라
깊은 밤이 뭐라고 말하는가
나는 잠들었다가
깊은 꿈에서 깨어났다
세상은 깊다
낮이 생각했던 것보다 더 깊다
세상의 고통은 깊다
쾌락은 마음의 근심보다 더 깊다
고통이 말한다
꺼져버려!
하지만 모든 쾌락은 영원을 갈망하지
깊고 깊은 영원을!

Nietzsche

Hochverehrter Freund!

rlaubtesten Germanismen zu entwen

격언

예리하면서도 부드럽고
거칠면서도 섬세하고
친숙하면서도 낯설고
더러우면서도 깨끗하고
바보도 되고 현자도 되라고 한다
그래, 이 모든 것이 나란 존재이니
그렇게 되고자 한다
비둘기인 동시에 뱀도 되고
돼지도 될 테다

말

살아 있는 말이 나는 좋다
기분 좋게 통통 튀어 오르는 말
공손히 고개 숙여 인사하는 말
서투를 때조차 사랑스러운 말
혈기가 넘쳐 숨결이 거칠어진 말
귀머거리의 귀에까지도 기어오르는 말
몸을 동그랗게 말았다가 퍼덕이며 날아가는 말
이런 말은 모두 즐거움을 준다네

말은 아주 섬세한 존재라
병들기도 하고 낫기도 하지
말에게 작은 생명을 주려면
살포시 가볍게 다루어야 한다네
어설프게 만지거나 짓누르지 말아야지
말은 사나운 눈길만 닿아도 죽어버려
영혼 없이 가련하고 차디차게
흉한 몰골을 하게 되고
죽음에 들볶여
볼품없고 작은 시체로 변하지

죽어버린 말은 추한 것이라네
그건 그저 빈껍데기처럼 바싹 마른 울림일 뿐이지
언어를 죽이는 일들이
얼마나 추하고 한심한 짓인지 보게!

Sorrent, Villa
eventuell Kommen Sie
schwarz fahren

괴테에게

불멸하는 것은
당신의 비유일 뿐이에요!
이 미심쩍은 신은
시인의 궤변이 아닌가요

세상의 수레바퀴가
목표들을 스쳐 지나가면
불평꾼들은 이를 고통이라 부르고
어리석은 자들은 유희라 부르지요

세상의 유희가 우악스럽게
존재와 가상을 뒤섞고
영원한 어리석음이
우리를 그 안에 뒤섞어버려요!

끼적거리기

펜으로 끼적거리는 건 이제 그만!
제길! 왜 이 모양으로 끼적거려야 할까
나는 잉크병을 움켜쥐고는
대담하게 잉크를 쏟아가며 쓴다
오, 얼마나 진하고 풍족하게 써지는가!
이 모든 행위가
나를 얼마나 즐겁게 하는지!
뭐라고 썼는지 알아볼 수는 없다 해도
무슨 큰일 있을까
내가 쓴 걸 누가 읽는다고!

결심

지혜로워지고자 하는 것은
그 일이 내 맘에 들기 때문입니다
그리고 명성을 원하기 때문이지요
내가 신을 찬양하는 것은
신이 세상을
최대한 멍청하게 창조했기 때문입니다

내가 인생길을
최대한 구불구불 돌아가려는 것은
가장 지혜로운 자는 그렇게 시작하고
어리석은 자는 그렇게 마치기 때문입니다

나의 행복이여

산마르코 대성당 비둘기들을 다시 보다니!
광장은 고요하고 오전의 시간은 거기에 머문다
부드럽고 서늘한 공기 속에서
나는 한가로이 노래들을 비둘기 떼처럼
푸른 창공으로 날려 보냈다가
그 깃털에 한 구절 덧붙이려고 다시 불러들인다
나의 행복, 나의 행복이여!

쪽빛 비단 같은 고요한 하늘 지붕이여
그대는 이 멋진 건축물을 감싸듯 호위하는구나
무어라 말할까
나는 이 건축물을 사랑하고 두려워하며 부러워하니
그 기운을 흠뻑 마시기를 원하노라!
그 기운을 다시 돌려줄 수 있을까?
아니, 그런 말은 하지 말게, 그대여
아무리 봐도 질리지 않는,
눈을 사로잡는 즐거움이여!
나의 행복, 나의 행복이여!

근엄하게 뻗은 종탑이여

Nietzsche

그대는 사자의 기상으로 승리를 뽐내며
이곳에 우뚝 솟아 있구나
힘 하나 들이지 않은 채
깊은 울림으로 광장을 압도하는구나
광장의 악상테귀(accent aigu)*
나 다시 네게 돌아가 머물리라
이 얼마나 비단처럼 보드라운 강요인지!
나의 행복, 나의 행복이여!

가라, 가라, 음악이여!
부드럽게 땅거미 내리기까지
먼저 그림자가 짙어지고 길어져야 하리
소리를 발하기에는 아직 날이 너무 이르니
황금빛 장식들이 아직 장밋빛 노을로 물들지 않았으니
낮이 아직 많이 남았으니
시를 짓고, 꼼지락대고, 홀로 소곤거릴
시간이 아직 많구나
나의 행복, 나의 행복이여!

• accent aigu: 불어의 양음 악센트 기호(é)

남쪽 나라에서

구부러진 가지 위에 매달려
피곤을 달랠 때
한 마리 새가 나를 초대했으니
내 쉴 곳은 새 둥지 안이구나
여기가 어디쯤일까?
아, 멀리도 왔다

하얀 바다는 잠들었고
보랏빛 돛단배 한 척 그 위에 떠가는구나
바위, 무화과나무, 탑과 항구
주위엔 소박한 평화가 감돌고
양들의 울음소리 들려온다
남국의 순수여, 나를 받아주오!

그저 한 발 한 발 내딛는 건 삶이 아니지
그건 독일인답지만 힘든 일이지
나는 바람더러 나를 위로 들어 올리라 한 뒤에
새들과 함께 나는 법을 배워
바다 건너 남쪽으로 날아왔다

이성이란 얼마나 지긋지긋한 것인지!
그건 우리를 너무 빨리 목적지로 옮겨다 놓는다네
나는 날면서 나를 속이는 법을 알았으니
새로운 인생과 새로운 유희를 향한
용기와 피와 체액이 느껴지는구나

고독하게 사유하는 일은 지혜로운 일이나
고독하게 노래하는 건 어리석은 일이 될 터!
이 성질 고약한 작은 새들아
너희를 향한 찬가를 들어라
내 주위에 동그랗게 둘러앉아라

그리도 젊고, 엇나가고, 몰려다니니
내 눈에 너희는 사랑하고,
또 아름답게 시간을 죽이기 위해
태어난 존재들 같구나
조심스럽게 고백하건대, 나는 북쪽에서
한 여자를 사랑했다네
정말 끔찍하게 늙은 여자였지!
그 늙은 여자의 이름은 '진리'였다네

고독

까마귀들이 울다가
마을 쪽으로 훨훨 날아간다
머지않아 눈이 내리겠지
고향이 있는 사람은 행복하리라

너는 이제 우두커니 서서
걸어온 길을 돌아다본다
벌써 많이도 걸어왔구나
너는 얼마나 바보인가
겨울을 목전에 두고
세상 속으로 도망치다니

세상은 황야로 들어가는 문
고요하고 차가운 천 개의 황야로 이어지는 문이다
너처럼 고향을 잃은 이는
그 어디도 의지할 곳 없으리라

너는 하얗게 질린 채 서 있구나
겨울 방랑의 저주를 받아
연기처럼 연신 더 차가운 하늘을 찾아

Nietzsche

헤매야 하는 신세가 아니냐

날아라, 그대 새 같은 자여
황야에 사는 새들의 소리로
네 노래를 불러라!
숨겨라, 어리석은 자여
피 흘리는 네 심장을
얼음과 조소 속에 숨겨라!

까마귀들이 울다가
시내 쪽으로 훨훨 날아간다
머지않아 눈이 내리겠지
고향이 없는 사람은 불행하리라

나의 독자에게

그대들 독자들이여
튼튼한 치아와 튼튼한 위를
가지고 있기를 바라겠소이다!
내 책을 잘 소화해야만 비로소
나와 친하게 지낼 수 있으리니!

Nietzsche

Sorrent, Villa Rubinacci
eventuell Kommen Sie

헤매는 자

"더는 길이 없구나!
낭떠러지가 에워싸고 죽음 같은 고요뿐이야!"
그게 네가 원했던 것이 아니냐
네 의지로 멀쩡한 길을 벗어난 것이 아니냐
자, 방랑자여, 이제 됐다
이제 차갑게 직시하라!
너는 길을 잃었다
네가 의지할 건 이제 위험뿐이다!

대화

A:
내가 아팠었나요?
이제 회복된 건가요?
누가 내 의사였죠?
어떻게 그 모든 걸 까맣게 잊은 것인지!

B:
그대는 이제 다 나은 것 같군요.
잊었다는 건 건강하다는 뜻이거든요.

Nietzsche

Hochverehrter Freund!

rlaubtesten Germanismen zu entwen

소나무와 벼락

나는 너무 높이 자랐다
인간과 동물보다 훨씬 높아지니
말을 하고 싶은데도
함께 이야기할 이가 없구나

나는 너무 높이 자랐다
너무 고독하여
기다리고 있다
대체 무얼 기다리냐고?

내가 있는 자리는
구름과 가까우니
얼마 안 있어 내게
최초의 벼락이 내리치리라

방랑자와 그의 그림자

-한 권의 책

더 이상 돌아갈 수 없다고?
올라갈 수도 없고?
산양들이 다니던 길도 안 보이고?

그렇다면 나 이곳에서 기다리련다
눈과 손이 붙잡으라 하는 것을
단단히 움켜쥐련다

서광이 비치는 5피트 너비의 땅
내 발밑에는 세상과 인간과 죽음뿐이다!

머나먼 곳에서

고귀한 정신에게 이 세상은 너무 좁으니
무상하고 허무한 생을 뛰어넘어
열정의 날개를 펼치고
높이높이 날아오른다
저 위, 더 행복하고 더 좋은 곳으로
별들이 태양의 주위를 돌고 있는 곳,
그곳 우주에서 무한한 존재,
모든 것을 꿰뚫어 보는 존재가
세상을 다스리는 걸 본다

하지만 치솟는 마음의 충동을 다스리고
생명을 꽃피우고 삶에 사랑과 청량함을
불어넣는 감정이 있으니
바로 고향을 사랑하는 마음이라네
오오 고향을 가진 자는 행복하여라
세상의 거친 풍랑에도 안식할 수 있는 곳
금빛 기억들과 5월의 환희가
둘러싸고 부드럽게 미소 짓는 곳
평화와 행복이 기쁘게 넘실대며
모두의 마음이 신과 잇대어진 곳

풀죽은 마음에도 희망 가득한 젊은 시절의 꿈이
다시 한번 스쳐가는 곳
나이팅게일과 종달새의 지저귐,
제비꽃 향기, 희망찬 푸른 녹음과 더불어
인생의 5월이 다시 한번 피어나는 곳
그대가 태어난 곳
그리고 삶의 환희를 진하게 맛본 곳
아아, 당신이 이 고향을 잃어버렸다니!

다리 위에 서서

얼마 전 짙은 갈색의 밤
다리 위에 서서
멀리서 실려오는 노래를 들었지
가벼이 흔들리는 수면 위로
황금빛 물방울들이 올라오고
곤돌라와 불빛과 음악은
흥겹게 어둠 속으로 나아갔다네

그 순간 내 마음
퉁겨진 현처럼 행복감에 몸을 떨면서
남몰래 곤돌라의 노래를 따라 불렀지
그 노래, 누가 들었을까

가을

가을, 마음이 스산해지는 가을이다
날아가라! 떠나버려라!
태양은 꼼지락대며 산을 오르는데
한 걸음 한 걸음 오르며
걸음마다 쉬어간다

세상이 왜 이리 시들었을까
바람은 팽팽하게 당겨진 현으로
노래를 연주한다
희망은 멀리 달아나고
바람은 달아난 희망이 아쉬워 탄식하는구나

가을, 마음이 스산해지는 가을이다
날아가라! 떠나버려라!
오 나무 열매야
너도 바르르 떨다가 떨어지는구나
밤이 어떤 비밀을 네게 가르쳐주었기에
얼음같이 차가운 전율이
네 붉은 뺨을 덮고 있는 것이냐

Nietzsche

너는 침묵하고 대답하지 않는구나
그렇다면 이건 누구의 소리일까

가을, 마음이 스산해지는 가을이다
날아가라! 떠나버려라!
별꽃도라지가 말하는구나
"난 아름답지 않아요
하지만 사람들을 사랑하고 위로하지요
아직은 사람들이 꽃을 봐야 해요
아, 허리를 구부려 나를 꺾어주세요
그러면 그 두 눈에 추억이 반짝일 테죠
나보다 아름다운 것에 대한 추억,
행복한 순간에 대한
사람들의 추억 말이에요
나는 그걸 보며 죽어가겠어요."

가을, 마음이 스산해지는 가을이다
날아가라! 떠나버려라!

콜럼버스

친구야, 이제 제노바 사람은 믿지 마라
콜럼버스가 말했다
그는 줄곧 파란 바다를 응시한다
머나먼 곳이 어찌나 유혹적인지!

난 이제 미지의 것을 사랑하리!
제노바는 침몰하여 사라졌으니
마음아 냉정해져라! 내 손아 키를 잡아라!
내 앞에는 넓은 바다가 있다
그리고 땅? 땅도 있을까?

나 그곳으로 가련다
나 자신과 내 능력을 신뢰하련다
바다는 열려 있고
내 배는 푸른 바다로 나아가니
내겐 모든 것이 새롭고 더욱 새로우리라
멀리서 시간과 공간이 반짝인다
그리고 영원, 그 아름답고 무시무시한 것이
나를 향해 미소를 보내는구나

멜랑콜리에게

멜랑콜리여, 오해하지 말게
내가 그대를 칭송하려 펜촉을 다듬는 줄 아는가?
그대를 칭송하려 머리를 무릎 속에 박고
고독하게 나무둥치에 앉아 있는 줄 아는가?
물론 나는 종종 그러고 있었지
어제도 뜨거운 아침 햇볕을 받으며 그러고 있었어
그때 독수리가 골짜기를 향해 탐욕스럽게 울었네
썩은 말뚝 위, 죽은 짐승을 꿈꾸었던 게지

탐욕스런 새여, 그대는 착각한 걸세
내가 비록 나무둥치에 앉은 미라 같다 해도
그대는 내 눈빛을 보지 못했겠지
환희로 가득 차 이리저리 굴리던
당차고 의기양양하던 내 눈빛을 말일세
비록 그대가 있는 높은 곳까지 닿지 못하고
머나먼 구름 물결에 스러진다 해도
내 눈빛은 더 깊숙이 내려가
존재의 심연을 환히 밝히지

그렇게 나는 깊은 황야에서

제사를 올리는 야만인처럼
추레한 모습으로 몸을 굽히고 앉아서
젊은 나이였지만, 참회하듯 너를 생각했지
그렇게 독수리의 비상과 눈사태의 굉음을 즐겼네
사람들의 위선을 모르는 그대는
내게 굉장히 엄중한 표정으로 말했지

거친 바위와도 같은 가혹한 여신이여
그대는 내게 모습을 드러내길 좋아하지
위협하듯 독수리의 흔적을 보여주고
나를 뭉개버리려는 눈사태의 욕망을 보여주지
생을 앗으려는 고통스런 탐욕,
그 살의가 사방에서 이빨을 드러내고
저기 험준하고 위험한 암벽에서는
꽃이 피어 나비들을 유혹하지

나는 이 모든 것을 느끼며 전율하네
유혹당하는 나비, 홀로 핀 꽃,
독수리, 물살 빠른 차디찬 냇물, 신음하는 폭풍우
모든 것이 그대를 찬양하는구나

그대, 비열한 여신이여
나는 깊이 고개 숙이고 머리를 무릎에 묻은 채
신음하듯 찬양의 노래를 읊조리네
오직 그대의 영광을 위해 나 흔들리지 않고
삶을, 삶을, 삶을 갈망하노라

나쁜 여신이여, 오해하지 말게
내가 노래로 그대를 기품 있게 장식한다고!
그대를 가까이하는 자는 끔찍한 얼굴에 몸을 떨고
그대의 악한 오른손에 닿는 자는 움찔할지니
두려움에 떠는 나는 지금 노래를 읊조리며
운율에 맞춰 몸을 움찔한다네
잉크는 흐르고 뾰족한 펜촉은 잉크를 흩뿌리니
이제 여신이여, 여신이여
제멋대로 하게 나를 내버려두게

만년설 앞에서

한낮, 열에 들떠 졸린 눈을 한
소년 같은 여름이 산을 오른다
여름이 하는 말은 들리지 않고
그저 눈에 보이기만 할 뿐!
여름은 열에 들끓는 밤을 보내는 병자처럼
뜨거운 숨을 내뿜는다
만년설과 전나무와 샘물의 응답도
그저 눈에 보이기만 할 뿐!
물살 빠른 냇물은 인사라도 하듯
급하게 바위에서 뛰어내리더니
그리움에 몸을 떨며 하얀 기둥으로 서 있다
전나무는 평소보다 더 어둡고 진한 눈빛을 보내고
얼음과 잿빛 바위 사이로
불현듯 한 줄기 빛이 쏟아진다
이런 빛, 본 적이 있다, 그래, 기억난다

아이가 슬픔에 몸부림치며
죽은 아버지를 끌어안고 입맞춤할 때면
세상과 이별한 남자의 눈빛도 다시 한번 빛나리니
그 불꽃이 되살아나 죽은 눈을 반짝이며 말하리라

"애야, 알지? 난 너를 사랑한단다."
그리고 이제 모든 것이,
빙산과 냇물과 전나무가 눈을 반짝이며 말하리라
"애야, 알지? 우린 너를 사랑한단다."

열에 들떠 졸린 눈을 한 소년은
슬퍼하며 그들에게 입맞춤하지만
쉬이 떠나려 하지 않는다
고통스런 말이 안개처럼 소년의 입에서 흩날린다
"내 인사는 작별이에요.
내가 오는 것은 곧 떠나가는 것이고
나는 젊어서 죽어가요."

그러자 모두가 숨을 죽이고
새조차 노래를 멈추니
그 순간 섬광처럼 산에 전율이 퍼져 나가고
만물도 생각에 잠겨 침묵한다

한낮, 열에 들떠 졸린 눈을 한
소년 같은 여름이 산을 오른다

마지막으로 원하는 것

그렇게 죽어가려네
일찍이 지켜본 친구의 죽음처럼!
그는 마치 신처럼 내 어두운 청춘에
번개 같은 빛을 비추었지
그의 시선은 반항적이고 심오했네
그는 전장에서 춤추는 자와 같았지

전사들 중에서는 가장 쾌활한 사람
승자들 중에서는 가장 비통한 사람
자신의 운명 위에 늘 다른 운명을 놓아보며
지난 일과 일어날 일을 깊이 생각했지

자신의 승리에 떨고
죽음으로 승리를 거둔 사실에 환호하며…

부탁하며 죽어갔지
다 파괴해 버리라고

그렇게 죽어가려네
친구의 죽음처럼 승리하고, 파괴하면서…

Nietzsche

오, 달콤한 숲의 평화여

오, 달콤한 숲의 평화여
이 땅에 안식할 곳 없는
불안한 이 마음을
하늘 높이 들어 올려주렴
풀밭에 몸을 던지니
눈물이 샘처럼 솟아나는구나
눈은 흐리고 뺨은 축축하지만
영혼은 깨끗하고 맑아진다
나뭇가지들이 늘어져
삶에 지치고 병든 이 몸을
고요한 무덤처럼 제 그늘로 감싸주니
푸른 숲속에서 나 죽고 싶구나
아니다, 이런 침울한 생각은 던져버리자!

새들의 노래 즐겁게 울려 퍼지고
참나무들이 머리를 흔들어대는 푸른 숲속에선
지고한 힘이 네 관을 흔들고
영혼의 평화가 네 무덤에 깃들 테니
너는 이 땅에서
진정한 안식을 얻을 수 있으리라

구름들은 금빛 아치 모양으로
눈처럼 하얗게 너를 두르고
분노로 꾹꾹 뭉쳐지다
벼락의 불꽃들을 이 땅에 내려보내리라
환희가 넘실대는 이 사랑스러운 봄철에
죽음을 동경하는 자
오직 한 사람뿐이리라
쓰디쓴 눈물이 네 위로 떨어지면
너는 깨어나
일어나서 사방을 둘러보며 웃으리라

신비한 조각배

어젯밤, 세상이 다 잠들고
뜻 모를 소리로 탄식하며 골목을 누비던
바람도 거의 잠잠해졌건만
푹신한 베개도, 양귀비도,
평소라면 나를 깊은 잠으로 인도하던
선한 양심조차도 내게 안식을 주지 못했다

결국 잠자리를 박차고
바닷가로 달려 나갔다
달빛은 밝고 공기는 온화했다
나는 따뜻한 백사장에서
목동과 양처럼 꾸벅꾸벅 졸고 있는
남자와 조각배를 보았다
졸린 듯 물 위에 떠 있는 조각배

한 시간, 아니 두 시간,
아니, 1년이 흘렀을까?
갑자기 내 모든 감각과 생각이
혼연일체가 되어 가라앉고
끝없는 심연이 입을 쩍 벌렸다

그리고 어느새 조각배는 사라져버렸다

아침이 왔다
짙푸른 바다 위에 조각배가
가만히 떠 있었다
무슨 일이 있었어?
누군가 외친다
그러자 곧 수백 명이 외친다
무슨 일이 있었어? 피가 있어?
아무 일도 없었어
우리는 잠을 잤을 뿐이야
아아 모두가 아주 잘 잤구나!

가장 가까운 사람

가장 가까운 사람이
가까이 있는 걸
나는 원치 않는다
그는 멀리, 높은 곳으로 가야 하리
그렇지 않고서야 어찌 그가
나의 별이 될 수 있겠는가

Nietzsche

Sorrent, Villa Rubinacci
eventuell Kommen Sie

나를 만들어낸 사상과 허영심

나의 성격을 형성시킨 사상이나 이론이 있다고 생각하는가?
알고 보면 그 사상이나 이론이 나의 성격을
형성시킨 것이 아니라,
무의식중에 내가 나의 기질이나 성격과 어울리는
사상이나 이론을 찾은 것이라면?
그래 놓고 그런 사상이나 이론이 나의 성격을
만들어낸 것처럼 착각한 것이다. 사실은 정반대였는데도!
생각과 판단이 내 성격에 영향을 미친 것처럼 보이지만
사실은 내 성격이 그런 식으로 사고하고,
그런 식으로 판단하도록 한 것이다.
우리는 왜 이런 코미디를 반복하는 것일까?
바로 우리의 게으름과 편리함, 그리고 허영심 때문이다.
허영심이란 내가 신봉하는 사상과 내 성격이
일치하는 존재가 되고 싶은 마음이다.
그렇게 한결같아야 존경을 받고,
신뢰감과 영향력을 주는 사람이 될 수 있기 때문이다.

- 《인간적인 너무나 인간적인》 중에서

춤추는 별을 탄생시키기 위해

지금은 사람이 자신의 목표를 품어야 할 때요,
가장 높은 희망의 싹을 틔워야 할 때다.
사람의 토양은 아직 충분히 비옥하지만,
이 토양은 언젠가는 척박해지고 생기를 잃어
더 이상 큰 나무를 키워낼 수 없으리라.
슬프다! 더 이상 자신 너머로 동경의 화살을
날려 보내지 못할 때가 오리라.
활시위를 당길 줄 모르는 때가 오리라!
그대들에게 말하노라.
춤추는 별을 탄생시키기 위해 사람은 자신 안에
혼돈을 품고 있어야 한다.
그대들에게 말하노라.
그대들은 아직 혼돈을 품고 있노라.

- 《차라투스트라는 이렇게 말했다》 중에서

3부

밤은 깊고, 나는 자유롭다

저녁 종소리

부드러운 저녁 종소리
들판 너머 울려 퍼질 때
나는 알아차린다
이 세상에서 본향과 그곳의 행복을
찾아낸 이는 아무도 없음을!
땅에서 벗어나자마자
우리는 땅으로 되돌아간다

저 종소리가 울려 퍼질 때
나는 알아차린다
우리 모두는 항상 영원한 본향을
찾아서 순례한다는 것을!

늘 땅을 떠나
본향의 노래를 부르는 자
그 행복을 노래하는 자에게
복이 있으리라

귀로

종달새들 기뻐 지저귀며 앞장서고
마음은 기뻐 그 뒤를 따르네
청명한 날이 그대를 인도하리라
고향으로, 고향 집으로!

세상 바깥으로 나가던 날도
나는 이 숲을 서성였지
앞길에 무슨 일을 만나게 될까
내 마음은 몹시도 불안하고 떨렸지

그때도 청명한 날이 나를 이끌었지
고향 집에서 아득히 멀리,
머나먼 곳으로!
옛노래가 귓전에 맴돌다 사라지고
옛 즐거움도 멀어져 사라졌지

종종 그때 서성이던 숲이 꿈에 보이면
다시 불안과 떨림이 엄습해 온다네
고향 집에서 멀어지던 그때처럼

이제 종달새들은 앞장서서
바삐 날개 치며 모든 사랑을 엿보고
나 떠난 뒤로 고향이 어땠는지를
내게 알려주네

오 나이팅게일아!
온 세상에 전하여라
세상에 말하고 노래하여라
사랑스럽고 소중한 고향 집에서는
아픔은 가시고 탄식도 사라진다고!

해가 저문다

1.
타버린 심장이여
너의 목마름은 오래가지 않으리라
약속은 대기 속을 떠돌다
낯선 이들의 입에서 내게로 불어온다
위대한 서늘함이 다가온다

나의 태양은 한낮에 머리 위에서 뜨거웠나니
반갑다, 느닷없이 불어오는 바람들아
너희가 오는구나
너희 서늘한 오후의 정령들이여!

대기는 낯설고 청명하게 흐른다
밤이 은근히 유혹하는 눈길로
내 쪽을 힐끔대니
강인함을 잃지 마라, 내 용감한 심장이여!
이유는 묻지 마라!

2.
내 인생의 날이여!

해가 저무는구나
매끄러운 바다는 이미 황금빛으로 물들었다
바위의 숨결이 따뜻해
행복도 그 위에서 낮잠을 자다 갔을까?
푸른빛 속에서 행복이 아직
잿빛 심연 위를 감도는구나

내 인생의 날이여!
저녁으로 향하는구나
네 눈빛은 이미 광채를 잃고
이슬 같은 눈물이 방울져 흐르는구나
네 보랏빛 사랑이,
네 마지막 머뭇대는 행복이 이미
하얀 바다 위를 조용히 달려간다

3.
밝음이여, 금빛 석양이여, 오라!
너 죽음의 은밀하고 달콤한 맛보기여!
인생길을 너무 서둘러 달려온 것일까?
지쳐버린 지금에서야 비로소

네 눈빛이 내게 와닿는구나
네 행복이 내게 와닿는구나

주위엔 그저 물결과 유희,
예전의 힘겨움은 파란 망각 속으로 가라앉고
내 작은 배는 이제 한가로이 떠 있구나
거친 폭풍과 항해, 내 배는 어찌 그것을 잊었는지!
욕망과 소망은 물속으로 가라앉고
영혼과 바다는 잔잔하다

일곱 번째 고독이여!
달콤한 확신을 이렇게
가깝게 느껴본 게 언제런가
태양의 눈빛을 이렇게
따뜻하게 느껴본 게 언제런가
내 산봉우리의 얼음은 아직도 반짝이고 있지 않은가
은빛으로 살포시, 한 마리 물고기처럼
내 작은 배는 지금 나아간다

초대

그대, 식객들이여!
내 음식을 먹어보겠소?
내 음식은 내일이면 그대들에게
조금 더 맛좋게 느껴지고
모레면 더욱더 맛좋게 느껴지리라!
그 이상을 원한다면
나의 옛 도구 일곱 개를 가지고
일곱 개의 새로운 용기(勇氣)를 만들어주리라

등대

바다 사이로 섬이 자라난 이곳
희생제를 드리는 제단처럼 불쑥 솟아오른 곳
차라투스트라는 검은 하늘 아래
산꼭대기에 불을 붙인다
길 잃은 선원들에겐 불빛 신호
답을 가진 사람들에겐 의문 부호

불룩한 회백색 배를 가진 이 불꽃은
초조함을 못 이기고 몸을 곧추세운 뱀처럼
차가운 미지의 세계로 탐욕의 혀를 날름거린다
더욱 순결하고 높은 곳으로 목을 쳐든다
이런 신호를 나는 내 앞에 두었다

내 영혼도 이 불꽃과 같으니,
늘 허기진 채 미지의 세계를 찾아
위쪽으로 위쪽으로 그 조용한 정염을 불태운다
무엇이 차라투스트라를 짐승과 인간에게서 달아나게 하고
별안간 그 견고한 육지에서 도망하게 했는가
그는 이미 여섯 고독을 알았으나
바다의 고독도 그에겐 충분하지 않았다

섬이 그를 높이 오르게 해
산꼭대기에서 그는 불꽃이 되었다
이제 그는 일곱 번째 고독을 그리워하며
머리 위로 찌를 드리운다

길 잃은 뱃사람들아
옛 별들의 부스러기들아
너희 망망한 미래의 바다여
헤아릴 길 없는 하늘이여
온갖 고독을 찾아 지금 나는 찌를 드리우니
초조한 불꽃에게 답을 다오
나, 높은 산 위의 어부에게
나의 마지막, 일곱 번째 고독을 낚아다오!

이별

나 이제 헤어져야 하니
잠잠하라, 내 마음이여!
사랑하는 이들과 떨어져야 하니
마음이 몹시도 아려오는구나
더는 보지 못한다니 이런 슬픔이 어디 있을까
잠잠하라, 내 마음이여!

굳게 맺어진 영혼들이
이별한다는 것은 크나큰 슬픔
아름답고 금빛 찬란했던 시간을
생각할 때마다 상처에서 피가 흐르는구나
깊은 슬픔에서 다시는 회복되지 못하리라

그래도 하나의 위로는 남아 있으니
그 위로가 밝고 환하게 빛난다
두 영혼이 서로 사랑할 때는
머나먼 거리도 그들을 가르지 못하리라
어떤 불행도, 어떤 슬픔도
우리를 갈라놓을 수 없으리라
오, 소중한 믿음이여!

고향 없는 사람

두려움도 주저함도 없이
날쌘 말 등에 올라타 달음질쳤네
머나먼 나라로!
나를 만나는 사람들, 나를 알아보네
나를 아는 사람들,
나더러 고향 없는 사람이라 하네

오오 즐거워라
나의 행복, 너 반짝이는 별아
나를 떠나지 마라!

나를 불러 세워 고향이 어디냐
누가 감히 묻겠느냐
공간에도, 무상한 시간에도
결코 묶이지 않은 나는
독수리처럼 한껏 자유롭구나

오오 즐거워라
나의 행복, 너 사랑스러운 5월아
나를 떠나지 마라!

Nietzsche

Sorrent, Villa
eventuell können Sie
? finden

북서풍에게

북서풍이여,
너 구름을 몰아내는 사냥꾼이여,
우울을 없애고 하늘을 빗질하는 청소부여!
포효하는 자여, 나 너를 얼마나 사랑하는지!
우리 둘은 한배에서 나온 첫 소생,
하나의 운명으로 맺어진 존재가 아닐까

이곳 매끄러운 바윗길을 달려
나 춤추며 너를 맞이한다
네 노래와 휘파람에 맞추어 춤을 춘다
자유롭고 또 자유로운 형제여
너는 배도 노도 없이
거친 바다를 건너왔구나

잠에서 깨자마자 달려간다
네 부름을 듣고 바위 계단으로,
바닷가에 우뚝 솟은 누런 절벽으로!
기쁘다! 너는 밝게 빛나는
다이아몬드 급류처럼
위풍당당하게 산에서 내려오는구나

Nietzsche

나는 네 말들이 하늘의 너른 마당을
달리는 것을 보았다
네가 모는 마차를 보았고
네가 날랜 손으로 번개처럼 빠르게
채찍을 휘두르는 모습을 보았다
더 빨리 내려오기 위해
마차에서 뛰어내리는 네 모습을 보았고
금빛 햇살이 발그레한 아침놀 사이로 돌진하듯,
화살처럼 몸을 움츠렸다가
심연으로 돌진하는 네 모습을 보았다

자, 무수한 등을 타고 춤추어라
파도의 등을 타고, 파도의 심술을 견디며 춤추어라
새로운 춤을 창조하는 자에게 영광 있으라
우리는 갖가지 모양으로 춤을 추리라
자유로워라 — 우리의 예술이여!
즐거워라 — 우리의 지식이여!

모든 화초에서 한 송이 꽃을 취하라
우리의 영광을 위해!

두 장의 잎을 취하라
우리의 월계관을 위해!
음유시인처럼 춤을 추자
성자와 매춘부 사이에서
신과 세상 사이에서 춤을 추자

바람과 더불어 춤출 수 없는 자들
붕대를 감아야 하는 약한 자들
묶인 자들과 늙어 몸이 불편한 자들
위선에 찬 무리들
명예만 따지는 얼간이들
시시콜콜 도덕을 따지는 인간들
우리의 낙원에서 물러가라!

거리에 먼지 회오리를 일으켜
모든 병든 이들의 콧속으로 불어넣자
병든 이들을 모조리 몰아내자
메마른 가슴의 호흡으로부터,
용기를 잃은 비겁한 눈동자로부터
모든 해안을 해방시키자

하늘을 흐리게 하는 자들을 몰아내자
세상을 어둡게 하는 자들
구름을 떠밀고 오는 자들을 쫓아내자
우리의 천국을 환하게 만들자!
휘몰아치자, 더없이 자유로운 영혼이여
너와 함께 짝하면
나의 기쁨은 폭풍우처럼 휘몰아친다

그 행복의 기억이 영원하도록
그의 유산을 받아라
여기 이 월계관을 높이 들어라!
월계관을 더 높이, 더 멀리, 더 널리 던져라
하늘 사다리를 타고 올라가 월계관을 매달아라
저 높은 곳의 별들에게!

나를 따르는 것

내 태도와 말이
그대를 매혹해
그대, 나를 따르나요?
내 뒤를 좇나요?
그대 자신을 성실하게
따라가세요
그러면 나를 따르는 게
될 것입니다
— 힘내세요!

Nietzsche

....

....

....

....

....

....

....

....

....

....

Sorrent, Villa Rubinacci
eventuell Kommen Sie

옹졸한 영혼들

옹졸한 영혼들이
나는 싫다
그 속에는
선도
악도
좀체 깃들 수 없으니!

세 번째 허물벗기

내 껍질은 벌써 비틀리고 갈라진다
그리도 많은 흙을 이미 먹어 치웠음에도
갈망은 새롭게 솟아나
내 속의 뱀은 또다시 흙을 갈망한다
허기진 배를 안고
나는 벌써 돌과 풀 사이로
꿈틀꿈틀 기어간다
늘 먹어왔던 것을
먹기 위해
저 뱀의 먹이, 너 흙을!

Nietzsche

Sorrent, Villa
eventuell kommen Sie
schwarz finden

내 장미들

그래, 내 행복은
너희를 행복하게 할 거야
그래, 모든 행복은
행복을 가져다줄 거야
너희는 내 장미를 꺾고 싶니?

그렇다면 몸을 굽혀
바위와 가시덤불 사이로
들어가야 해
때로는 너희 손가락이 가시에 찔려
피를 흘리겠지
내 행복은 약 올리기를 좋아하니
내 행복은 골탕 먹이기를 좋아하니
그래도 내 장미를 꺾고 싶니?

녹

녹이 스는 일도 필요하다
예리함만으로는 충분하지 않으니!
예리함뿐이라면
사람들은 그대에 대해
늘 이렇게 수군거리리라
"저이는 너무 어려!"

빛의 벗에게

눈이 멀지 않으려면
감각이 무디어지지 않으려면
제아무리 태양이라도
응달 속에서
따라가야 한다오!

Nietzsche

Sorrent, Villa Rubinacci
eventuell Kommen Sie

기고만장한 사람

나는 많은 것들을
쓰러뜨리고 굴려버린다
그래서 너희는 나를
기고만장한 사람이라 하지
부어라 마셔라 하는 자는
많은 것을 쓰러뜨리고 굴려버리지
그래도 그것 때문에
포도주를 나쁘게 생각하지는 마라

Hochverehrter Freund!

rlaubtesten Germanismen zu entwen

변장한 성자

당신의 행복으로 우리에게
부담을 주지 않으려고
당신은 악마같이 장난치고,
악마같이 농담을 하고
악마 같은 옷을 입는다
하지만 다 소용없는 일!
당신의 눈빛이 이미
신성함을 말해주고 있다

....

....

....

....

....

....

....

....

....

....

....

조심하라

지금 저 지역을 여행하는 건
좋지 않아
정신이 똑바르다면
조심, 또 조심을 하게나
사람들은 그대를 매혹하고 사랑하고
마침내 갈가리 찢어버릴 것이니!
광신자처럼 열광하는 무리들에겐
늘 지성이 결여되어 있다네

독실한 사람이 말하기를

"하느님은 우리를 사랑하시지.
우리를 창조했으니까!"
너희 세련된 이들은 이렇게 대꾸할 테지
"에이, 인간이 하느님을 창조했지."
인간이 만든 것은 사랑하면 안 된다는 것일까
인간이 창조했으니 부인하라는 것일까
이것은 악마의 발굽을 지닌
절름발이의 논리다

Nietzsche

여름에

이마에 구슬땀이 맺혀야만
빵을 먹을 자격이 있는 것일까
현명한 의사들은
땀을 흘릴 때는 차라리
아무것도 먹지 말라고 하던데!

시리우스 별이 깜박이며
신호를 보낸다
무엇이 아쉬워서 저럴까
저 정열적인 깜박임은
무엇을 원하는 것일까

이마에 땀이 송골송골 맺혔을 때는
포도주를 마셔야 하리라!

몰락

"그는 몰락한다.
그는 지금 떨어지고 있어."
그대들은 간혹 그를 비웃는다
진실을 말해줄까?
그는 그대들에게로 내려가고 있다!

넘치는 행복이 불편해서
그의 넘치는 빛이 그대들의
어둠을 따라가고 있다

....

....

....

....

....

....

....

....

....

....

....

....

현자는 말한다

대중과 약간은 동떨어져서,
그러나 그들에게 유익을 주며
나는 나의 길을 간다네

때로는 태양
때로는 구름이 되어
길을 간다네
늘 그 사람들보다 높은 곳에서!

발로 글을 쓰다

나는 손으로만 글을 쓰는 것이 아니란다
언제나 발이 함께 쓴단다

굳건하고 자유롭게
그리고 용감하게
발은 때로는 들판을
때로는 종이 위를
뛰어다니지

Nietzsche

Hochverehrter Freund!

rlaubtesten Germanismen zu entwen

사실주의 화가

"자연을 충실하고 온전하게 옮겨야지!"
사실주의 화가는 이것을 어떻게 시작할까
일찍이 자연이 그림 속으로
옮겨진 적이 있었던가
세계의 아무리 작은 조각도 무한할 터인데!
결국 그는 자신의 마음에 드는 것을 그리리라
그렇다면 무엇이 그의 마음에 들까
바로 그가 그릴 수 있는 것이리라

높은 곳의 사람들

그는 높이 올라간다
그를 찬양하라!
그러나 그는 시종일관
위에서 내려오고 있다!
그는 사람들의 칭송을 뛰어넘은 곳에
살고 있다
그는 저 위의 사람이다!

회의론자가 말한다

그대 인생의 절반이 지나갔다
시곗바늘은 계속 전진하고
가는 세월 앞에서
그대의 마음은 두려움에 전율한다
오래전부터 배회하고
그토록 찾기를 바랐지만, 결국 찾지 못했는데
지금 여기에 이르러서도
우물쭈물하고 있는가

그대 인생의 절반이 지나갔다
이곳에서의 시간들은 고통이었고
실수로 가득했지
그대 아직도 무엇을 찾고 있는가?
왜 그렇게 찾고 있는가? 무슨 이유로?
그래, 그 이유야말로 내가 찾아 헤매던 것이지!

Nietzsche

Sorrent, Villa
eventuell können Sie
zu finden

자유롭지 못한 사람들

이 사회에서 부지런히 활동하는 사람 중에는 더 고차원적인 활동이 필요한 사람이 많다. 고차원적인 활동이란 개인적인 활동을 뜻한다. 공무원, 상인, 학자 등 존재로서는 활동적이지만, 유일무이한 개인으로서는 활동적이지 않은 사람이 많다. 이런 면에서 그들은 게으르다고 할 수 있다.

비참한 것은 그런 활동이 언제나 비이성적으로 흐르기 때문이다. 가령 돈만 열심히 모으는 은행가에게 그렇게 일하는 목적이 뭐냐고 물어서는 안 될 것이다. 그 자체로 어리석게 사는 것이기 때문이다. 이익을 위해서만 열심을 내는 사람들은 마치 돌이 굴러가듯 어리석은 역학에 발맞추어 열심히 구를 뿐이다.

모든 시대에서 그랬듯 지금도 모든 사람을 노예와 자유인으로 구분할 수 있다. 주어진 하루의 3분의 2 이상을 자기 시간으로 갖지 못한 사람은 노예다. 그가 무슨 일을 하려 하든지, 정치인으로 살든지, 상인으로 살든지, 공무원으로 살든지, 학자로 살든지 마찬가지다.

- 《인간적인 너무나 인간적인》 중에서

저속한 호기심

작가의 친구들은 그 작가가 쓴 글의
최악의 독자가 될 수 있다.
그들은 작가가 쓴 문장들을 대하며 어떤 배경에서
그것들이 나왔는지를 짐작하는 데 열을 올린다.
보편적인 것에서 특수한 것을 이끌어내려는 것이다.
냄비 속을 들여다보며 해부하려는 그들이야말로
작가의 온갖 노력을 수포로 돌아가게 하니,
자신들의 행동에 응당하게, 그들은 작가의 문장에서
어떤 철학적 가르침이나 인상도 얻어가지 못하고,
기껏해야 저속한 호기심만 만족시킬 따름이다.

－《인간적인 너무나 인간적인》 중에서

....

....

....

....

....

....

....

....

....

....

....

....

....

....

....

....

....

4부

누구에게나 별의 순간은 온다

절망하는 바보

아! 내가 탁자와 벽에 쓴 것이
바보 같은 마음과 손으로 쓴 그것이
탁자와 벽을 멋지게 꾸며줄까

하지만 너희는 말한다
"저 바보가 손으로 쓴 건 지저분해.
탁자와 벽을 깨끗이 닦아내자.
마지막 흔적까지 없애버리자!"

좋아요, 나도 거들게요
비평가이자 물의 정령이니까요.
나는 스펀지와 빗자루 쓰는 법을 배웠어요

하지만 그 일이 끝나면
나는 너희 빼어나게 영악한 사람들이
하는 짓을 보겠지
똑똑한 말들로 탁자와 벽을
덕지덕지 더럽혀 놓은 것을!

애매한 영혼들

이 애매한 영혼들에게
나는 화가 난다
그들이 영예로워하는 것은 고통
그들이 칭찬하는 것은
자기혐오와 수치심

내가 그들의 끈에 묶여 시간 속을
질질 끌려다니지 않은 대가로
그들은 내게 인사한다
달콤함 속에 독기가 묻어나는
질투의 눈길로!

차라리 속 시원히 욕을 하고
코를 비틀면 될 텐데!
이렇게 가망 없이 탐색하는 눈길은
내게 영원히 닿지 않으리라

Nietzsche

테오크리토스 양치기의 노래

나는 속이 아파 누웠어요
빈대들에게 물어뜯기며!
저 건너는 아직 휘황찬란하고 시끌벅적해요
그들이 춤추는 소리가 들려오네요

이 시간쯤에 빠져나와
내게 오겠다고 말하지 않았던가요
강아지처럼 무턱대고 기다리는데
그녀는 올 기미가 없어요

성호를 그으며 약속했는데
거짓말을 한 건가요
나의 산양들처럼 그녀도 무턱대고
아무나 따라간단 말인가요?

아, 나의 자랑이여
비단 치마는 어디서 났나요?
여기 이 숲에 사내들이
여럿 있단 말인가요?

Nietzsche

사랑에 빠져 기다리는 건
얼마나 애가 타고 미칠 노릇인지
무더운 밤에 마음의 정원엔
그렇게 독버섯이 자라나요

사랑은 불치병처럼
나를 갉아먹어요
아무것도 삼킬 수조차 없으니
잘 가라, 양파들아!

달은 이미 바닷속으로 잠기고
별들도 모두 노곤하니
뿌옇게 새벽이 밝아오네요
차라리 영영 잠들어 버렸으면…

가장 부유한 자의 가난에 대하여

십 년이 흘렀다
빗방울 하나 내게 떨어지지 않았다
촉촉한 바람도, 사랑의 이슬도 없었다
비가 오지 않는 땅…
이제 나는 내 지혜에 간청한다
이 불모지에서 너무 인색해지지 말기를
스스로 넘쳐흐르기를, 스스로 이슬 되어 떨어지기를
누렇게 변한 황야에서 스스로 비가 되기를!

예전에 나는 구름에게 명령했다
내 산에서 멀리 떠나라고!
예전에 나는 말했다
"너희 어둠이여, 내게 더 많은 빛을 다오!"
오늘 나는 구름을 꾀어 내게 오라고 한다
너희 높은 곳의 젖소들이여
너희 젖가슴으로 내 주위를 어둡게 하라!
나 그대들의 젖을 짜리니
젖처럼 따뜻한 지혜를, 사랑의 달콤한 이슬을
이 땅 위에 흐르게 하리라

가라, 꺼져버려라
너희 침울한 눈빛의 진리여
나는 덜 여물어 떫고 성급한 진리가
내 산마루에 머무는 걸 보고 싶지 않다!
오늘 화사한 금빛 미소를 지으며 진리가 내게 다가온다
햇살을 받아 달콤하고 사랑을 받아 노랗게 익은
성숙한 진리만을 나무에서 따리라

나는 오늘 손을 뻗어
우연의 고수머리를 움켜쥐고는
어린애 다루듯 영리하게 인도하고 속이리라
탐탁지 않은 것들도 손님처럼 환대하리라
운명에게 가시를 곤두세우지 않으리라
―차라투스트라는 고슴도치가 아니니

내 영혼은 만족할 줄 모르는 허기로
모든 좋은 것과 나쁜 것을 이미 맛보았고
모든 심연에도 잠겨 보았으나
코르크 마개처럼 늘 다시 위로 떠올라
기름처럼 잿빛 바다 위를 둥둥 떠다닌다

이런 영혼을 가진 나를 뭇사람들은
행복한 자라 일컫는다

내 아버지와 어머니가 누구인가
내 아버지는 풍요의 왕자, 내 어머니는 고요한 웃음
이 둘의 결혼이 수수께끼 같은 짐승인 나를,
빛의 괴물, 모든 지혜의 낭비자인
나 차라투스트라를 낳은 것일까

사랑, 그 봄바람을 애타게 그리며
오늘 차라투스트라는 그의 산에서 하염없이 기다린다
자신의 체액으로 달콤하게 무르익은 채
봉우리 아래, 그 만년설 아래에서
노곤하면서도 환희에 가득 차서
일곱째 날을 맞은 조물주처럼 앉아 있다

가만! 진리 하나가 구름처럼 내 머리 위를 맴돌고
보이지 않는 번개처럼 나를 때린다
진리가 주는 행복이 넓고 완만한 계단으로
나를 향해 올라온다

오라, 오라, 사랑하는 진리여!

가만! 나의 진리가 왔다!
머뭇거리는 눈으로, 비단처럼 부드럽게 전율하며
진리의 눈이 나를 쳐다본다
사랑스럽고 심술궂은 소녀의 눈빛…
진리는 내 행복의 근원을 알아채고
나를 간파한다― 하, 어떻게 생각할까?
소녀의 깊은 눈에서는 자줏빛 용 한 마리가
숨어서 엿보고 있다

가만! 나의 진리가 말을 한다!
화 있을진저, 그대 차라투스트라여!
그대는 마치 황금을 삼킨 자 같구나
사람들이 너의 배를 가르리라

많은 이들을 망치는 자여
그대는 너무 부유하구나
많은 이들을 시샘하게 하고 빈곤하게 하는구나
그대의 빛이 내게도 그늘을 드리우는구나

한기가 느껴지니, 가라, 그대 부유한 자여
가라, 차라투스트라여! 그대의 태양에서 물러나라!

그대는 남는 것을 나누고 싶어 하는구나
차고 넘치는 것을 주어버리고자 하는구나
하지만 그대 자신이 차고 넘치는 자이니!
지혜로워져라, 그대 부유한 자여!
먼저 그대 스스로를 내어주어라
오 차라투스트라여!

십 년이 흘렀는데도
비 한 방울도 떨어지지 않았는가?
촉촉한 바람도? 사랑의 이슬도?
하지만 그대, 차고 넘치는 자여
누가 그대를 사랑하겠는가?
그대의 행복은 주변을 메마르게 하고,
사랑이 결핍되게 하는구나
비가 오지 않는 대지여!

아무도 그대에게 감사하지 않는구나

그러나 그대는 그대에게서 뭔가를
취해가는 모두에게 감사하는구나
나는 이런 그대를 알아본다
그대 차고 넘치는 자여
모든 부유한 자 중 가장 가난한 자여!

그대의 부유함이 그대를 괴롭히는구나
그대는 자신을 내어주고
자신을 아끼지도 사랑하지도 않는구나
큰 고통이 내내 그대를 강요하니
차고 넘치는 곳간의 고통
차고 넘치는 심장의 고통이구나
하지만 아무도 그대에게 감사하지 않는구나

지혜로우면서도 어리석은 자여
사랑받고자 한다면 그대는 더 가난해져야 하리
오직 고통받고 배고픈 자에게만 사랑이 주어지니
오 차라투스트라여! 먼저 그대 자신을 내어주어라

나는 그대의 진리이니라

노래 3

고독하게, 번개는
시커먼 구름과
검푸른 밤하늘을 뚫고 번쩍인다

고독하게, 가문비나무 둥치는
멀리 향기로운 산비탈에서 불타오르고
희미한 연기가 붉은빛 속에서
숲으로 올라간다

부드럽고 고요하게
슬프도록 스산하게
저 하늘 먼 빛 속에서
비가 내린다

눈물 젖은 그대 눈빛,
진심으로 아파하는 그 시선에
그대와 나의 괴로움은
바람결에 떠밀리듯 날아가고
잃어버린 시간과 스러진 행복,
그 두 가지가 모두 되살아난다

노래 4

고요한 시간이면 생각하네
뜻밖의 달콤한 꿈이
남몰래 내리는 이슬비처럼
나를 적실 때
무엇이 나를
그리도 그리움에 젖게 하고
그리도 불안하게 하는지

이곳에서 무슨 꿈을 꾸고
무슨 생각을 하고
어찌하여 계속 살아야 하는지
모르겠지만
행복에 겨울 때면
내 심장은 고동친다
그리움이 차오른다

해석

내가 나를 해석하면
스스로를 속이게 되리라
나는 나의 해석자가
될 수 없으니!
오직 자신의 길을 꾸준히
오르는 자, 그 사람만이
나의 모습도 더 밝은 빛에서
비추어주리라

Nietzsche

Hochverehrter Freund!

erlaubtesten Germanismen zu entwen

남자와 여자

마음이 가는 여자가 있으면
빼앗아버려!
이것은 남자의 생각이다
그러나 여자는 빼앗지 않고
가만히 훔친다

오만에 대하여

스스로를 그렇게
부풀리지 마라
계속 부풀리기만 하면
풍선처럼 조금만
찔러도 터져버릴 테니

Sorrent, Villa Rubinacci
eventuell Kommen Sie

숙고를 위하여

때론 이중의 고통이
하나의 고통보다
견디기 쉬워요
그것을 감당할
마음이 있나요?

지는 별

마음으로 내민 손이
미심쩍은 눈빛과 함께 내쳐졌다
한 마디 한 마디가 혀끝에서 맴돌다가
어렵게 나온 것인데
내 마음이, 개봉된 편지가
읽히지도 해석되지도 않은 채 그냥 돌아왔다
그대가 그것을 돌려보냈다!
놀라서 코웃음 치며
허공을 뱅뱅 도는 하루살이,
화가 난 듯 쌩하니 날아가며 왱왱거리는
하루살이가 보이는가
하지만 신께서 극심한 혼란과 비참함에서
나를 건지셨으니
올올이 끊기어 내 손을 빠져나가는
실오라기들이 보인다
피와 눈물처럼 반짝이는 실오라기들,
과거에도 지금도 여전히 아름답구나
늦여름의 안개처럼 흩날리니
산들바람이 실오라기들과 장난을 치고
그 속에서 황금빛 저녁놀이 반짝인다

Nietzsche

그대는 더는 나의 것이 아니니!
내 사랑스런 꿈이 그대와 노닐고
그대는 내 마음 깊은 곳에서 외로이 떠올라
별이 되어 내 생의 밤하늘에서
가물가물 반짝인다
하지만 이미 멀리 있다
아, 너무 멀리 있다
그리고 별은 이미 져버렸다!

미지의 신에게

앞을 보며 길을 계속 가기 전에
다시 한번 외로이 두 손을 신께 들어올린다
그는 나의 피난처이며
마음 깊은 곳에서 그에게 제단을 쌓으니
언제든 그의 목소리 다시 나를 부르리라

제단 위에 아로새겨진 말은
"미지의 신에게"
나 지금까지 신을 모독하는 무리에 들어 있었으나
싸움에서 나를 제압하고
아무리 도망치려 해도 그를 섬기도록
붙잡아 두는 올가미가 느껴진다
나는 그의 것이다

미지의 신이여, 그대를 알려 하노라
내 영혼을 깊이 어루만지며
폭풍처럼 내 삶에 휘몰아치는 그대여
불가해한 그대여, 영혼의 친구여
그대를 알고 그대를 섬기려 하노라

나의 무정함

나는 백 개의 계단을 거쳐 가야 한다
높이 올라갈수록 너희의 외침을 듣는다
"당신은 정말 무정하군요.
우리가 돌로 되어 있는 줄 알아요?"
나는 백 개의 계단을 거쳐 가야 한다
하지만 계단이 되려는 이는 아무도 없다

Nietzsche

거짓 친구들에게

그대가 훔쳤군!
그대의 눈은 순수하지 않아!
그저 생각 하나를 훔친 것뿐이라고?
그렇지 않아
어찌 이리 몰염치할 수가 있을까
자, 여기 한 줌 더 얹어주겠네
내 모든 걸 취해
깨끗이 먹어 치워
이 돼지 같은 녀석아!

Nietzsche

Hochverehrter Freund!

erlaubtesten Germanismen zu entwen

훗날 많은 것을 전해야 하는 자는

훗날 많은 것을 전해야 하는 자는
많은 것을 가슴속에 묵묵히
간직해야 하리라
훗날 번개에 불을 붙여야 하는 자는
오랫동안 구름이어야 하리라

....

....

....

....

....

....

....

....

....

....

....

충고

명성을 얻고자 하는가?
그렇다면 이 교훈에
귀 기울여야 하리라
너무 늦지 않게
명예를 포기하라

Nietzsche

Sorrent, Villa
eventuell Können Sie
schwarz finden

할머니

고요한 한낮, 뜨거운 햇살 아래
병원은 조용하고
할머니는 핏기 없는 얼굴로
힘없이 창가에 앉았다

흐린 눈빛, 눈처럼 하얀 머리칼
소박하고 깨끗한 옷
따사로운 햇살 속
할머니는 그 햇살 속에서
즐거워하며 미소 짓는다

창가엔 덩굴장미 흐드러지고
꿀벌들이 부지런히 모여든다
쉼 없이 윙윙대는 것이
거슬리지 않나요, 할머니?

할머니는 말없이 행복하게
즐거운 여름 풍경을 눈에 담는다
사랑하는 할머니,
천국은 더 아름다울 거예요

Nietzsche

포르타

나움부르크, 그 다정한 골짜기엔
매혹적인 장소들이 여럿 있네
그중 가장 내 마음을 끄는 곳은
바로 포르타

금빛 석양 비낀
푸른 언덕에 서서
골짜기를 내려다보면
불현듯 마음이 저미는 듯하다

사랑스러운 종소리 울려
부드럽게 안식을 권하고
푸른 옷 입은 초원에는
희뿌연 안개가 살며시 깔린다

별들은 밝게 빛나며
황금빛 궤도를 돌고
하늘의 파수꾼처럼
우리를 평화로이 내려다본다

Nietzsche

거룩한 고요가 세상을 덮고
안개에 둘러싸인 포르타가
아련한 빛을 받아
아른아른 반짝인다

그 인상이 너무 놀라워
잊을 수 없고
자꾸만 같은 장소에 이끌린다
왜일까?
이유는 나도 모르겠다

아르투르 쇼펜하우어

가르침은 이미 사라졌지만
삶은 영원히 남으리
그를 보아라
그는 누구에게도
복종하지 않았다

Nietzsche

Hochverehrter Freund!

rlaubtesten Germanismen zu entnen

은자는 말한다

생각을 갖는다고?
그건 좋은 일이지!
그러면 생각은 나의 소유물이 되리라
하지만 생각을 하는 것은
그만하고 싶네
생각을 하는 자는
생각의 손아귀에 붙잡힌 자
난 더 이상 생각에
봉사하고 싶지 않다

절망으로부터

침을 뱉는 놈들이 역겨워
나는 도망치네
어디로 도망치지? 파도에라도 뛰어들까?

모두가 가래 끓는 소리를 내며
입을 삐죽 내미니
벽과 바닥이 온통 침투성이다
침 뱉는 놈들에게 화 있으라!

차라리 나는 못되게, 담백하게 살려네
새처럼 자유롭게 지붕 위에서 살려네
차라리 도적들과 한통속이 되어
차라리 간통하는 자들,
서약을 깨는 자들과 어울려 살려네!

교양 있는 척 침을 뱉는가?
교양에 화 있으라!
도덕 집회에 화 있으라!
제아무리 깨끗하고 신성한 척해도
입안에 든 것은 황금이 아니렷다

Nietzsche

부자유한 자

A:
그는 서서 귀를 기울인다
어쩌다 이 모양이 되었을까
귓전을 맴도는 소리는 무엇일까
그를 아래로 끌어내리는 건 무엇일까

B:
옛날 쇠사슬에 묶여 있던 이들처럼
어디를 가든 그의 귓전에는
찰그랑찰그랑
쇠사슬 맞부딪치는 소리가 들린다

Nietzsche

Sorrent, Villa Rubinacci
eventuell Kommen Sie

춤추는 이를 위해

미끄러운 얼음판
춤출 줄 아는 자에게는
그곳이
바로
파라다이스

해방된 정신

다른 의견을 용납할 줄 아는 것이
문화의 표지라는 건 이제 모두가 알고 있는 사실.
더 나아가 수준 높은 인간은 자신에 대해
이의가 제기되기를 원하고 그런 상황을 일부러 만들어낸다.
지금까지 몰랐던 자신의 잘못을 깨닫기 위함이다.
하지만 이 두 가지보다 더 대단한 것은
다른 의견을 말할 수 있는 것이다.
거리낌 없는 양심으로
지금까지 관습적으로 내려오던 익숙한 것,
신성하게 여겨지는 것에 맞서 다른 생각을
이야기하는 것이다.
이것이야말로 우리 문화의 위대하고 새롭고 놀라운 면이며,
해방된 정신이 걷는 가장 앞선 걸음이다.

- 《즐거운 학문》 중에서

한 번도 떠나보지 않은 사람들에게

당신이 사는 시대를 좀 객관적으로 파악하고 싶은가?
시대의 진면목을 보고 싶은가?
한 번쯤 멀리 떨어져 보는 것도 좋은 방법이다.
말하자면, 시대의 해안에서 발을 빼어
멀리 과거의 바다로 떠밀려 가보라.
먼바다에서 해안을 바라보면
해안의 전체 모습이 눈에 들어올 것이다.
그런 다음 다시 해안에 가까이 오면,
해안을 한 번도 떠나보지 않은 사람들보다
해안을 전체적으로 훨씬 더 잘 알 수 있다.

– 《인간적인 너무나 인간적인》 중에서

슬프다! 더 이상 자신 너머로 동경의 화살을
날려 보내지 못할 때가 오리라.
활시위를 당길 줄 모르는 때가 오리라!
그대들에게 말하노라.
춤추는 별을 탄생시키기 위해 사람은 자신 안에
혼돈을 품고 있어야 한다.
그대들에게 말하노라.
그대들은 아직 혼돈을 품고 있노라.

-니체, 《차라투스트라는 이렇게 말했다》 중에서

프리드리히 니체_Friedrich Wilhelm Nietzsche

1844년 독일 레켄에서 목사의 아들로 태어났다. 독일의 사상가이자 철학자이자 시인으로, 쇠렌 키르케고르와 함께 실존주의의 선구자로 지칭된다. 14세에 슐포르타 기숙학교에서 엄격한 고전 교육을 받고 1864년 본대학에 진학하여 신학과 고전 문헌학을 공부했다. 1865년 라이프치히 대학으로 옮겨 문헌학을 계속 공부했고 1869년 박사 학위를 취득했다. 25세의 젊은 나이로 스위스 바젤대학의 고전문헌학 교수로 임명되었고, 쇼펜하우어의 철학에 심취함으로써 철학적 사유에 입문했다. 주요 철학적 사상에는 '신은 죽었다', '힘에의 의지', '위버멘쉬', '영원회귀', '아모르 파티' 등이 있다. 특유의 급진적인 사상으로 생철학, 실존주의, 포스트모더니즘 등의 철학에 많은 영향을 끼쳤다. 28세 때 첫 작품《비극의 탄생》을 펴냈으며, 1873년부터 1876년까지는 독일과 독일 민족, 유럽 문화에 대한 통렬한 비판을 가하며《반시대적 고찰》을 집필했다.

10세 즈음부터 시를 썼고, 생의 마지막 순간까지 시 창작을 멈추지 않았던 시인이기도 했다. 자신의 철학과 사상을 가장 직관적이고 명료한 형태, 즉 시로 풀어내곤 했는데, 이는 그의 시작(詩作)이 곧 사유였고, 철학적 사유 자체가 하나의 시적 성찰이었음을 말해준다. 1879년 건강이 악화되면서 주로 이탈리아와 프랑스의 요양지에 머물며 저술 활동에만 전념했다. 1900년 8월 25일 바이마르에서 생을 마감했다. 저서로《차라투스트라는 이렇게 말했다》《비극의 탄생》《디오니소스 송가》《이 사람을 보라》《즐거운 지식》《도덕의 계보학》《우상의 황혼》《선악의 저편》《인간적인 너무나 인간적인》《아침놀》《반시대적 고찰》등이 있다.

유영미 옮김

연세대학교 독문과와 동 대학원을 졸업하고, 전문 번역가로 활동하고 있다. 옮긴 책으로《쓰는 기쁨: 슬퍼하지 말아요, 곧 밤이 옵니다》《카이로스》《왜 세계의 절반은 굶주리는가》《감정사용설명서》《가문비나무의 노래》《불확실한 날들의 철학》《예민함이라는 무기》《부분과 전체》《혼자가 좋다》《불행 피하기 기술》등이 있다.

쓰는 기쁨
니체 시 필사집

그냥 떠 있는 것 같아도 비상하고 있다네

초판 1쇄 인쇄 2025년 6월 2일
초판 1쇄 발행 2025년 6월 10일

지은이 | 프리드리히 니체
옮긴이 | 유영미
펴낸이 | 한순 이희섭
펴낸곳 | (주)도서출판 나무생각
편집 | 양미애 백모란
디자인 | O-H-! 박민선
마케팅 | 이재석
출판등록 | 1999년 8월 19일 제1999-000112호
주소 | 서울특별시 마포구 월드컵로 70-4(서교동) 1F
전화 | 02)334-3339, 3308, 3361
팩스 | 02)334-3318
이메일 | book@namubook.co.kr
홈페이지 | www.namubook.co.kr
블로그 | blog.naver.com/tree3339

ISBN 979-11-6218-352-6   03850